# あさって町のフミオくん

昼《ひる》田《た》弥《みつ》子《こ》 作　高畠那生 絵

ブロンズ新社

もくじ

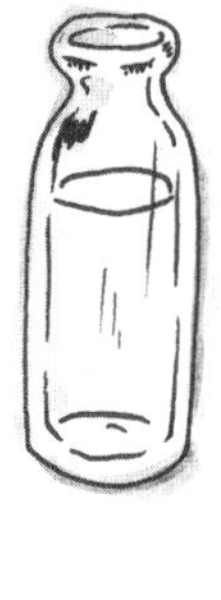

# ぼくはフミオ

その日、フミオくんはお母《かあ》さんにたのまれて、スーパーマーケットに牛《ぎゅう》乳《にゅう》を買いにいった。そして帰り道に、あさって公園により道したら、そこでシマウマとでくわしたのだ。

白と黒のしまもようの、ごくふつうのシマウマだ。もぐもぐと公園のしばふを食べている。

「動《どう》物《ぶつ》園《えん》からにげてきたのかな？」

フミオくんが足をとめ、首をかしげたそのときだった。

とつぜんシマウマが顔をあげた。そして、フミオくんをひと目見るなり、

「シマオちゃん！」

と、さけんで後ろ足でたちあがった。

おなかに花がらの黄色いエプロンをつけている。

「お洗《せん》たくしてるあいだに、いなくなっちゃうんだもの。ママ、心《しん》配《ぱい》でさがしにきたんですよ」

フミオくんにかけより、だきしめる。

「ぼ、ぼく、シマオじゃないです。フミオです」

フミオくんはびっくりして体をはなす。

するとシマウマはあきれたような顔をして、

「なにいってるんです。その体のしまもよう、ママのかわいいシマオちゃんですよ」

と、ささやいた。

「ぼ、ぼくにしまもようなんて、ありませんよ」

フミオくんはあわてていいかえした。

が、すぐに、あっ、そういえば、と自分がきているのTシャツに目をやった。

白と黒のよこじまもよう。

「あの、その、これは毛じゃなくて……」

「さあ、シマオちゃん、おうちに帰りますよ」

シマウマは後ろ足でたったまま、フミオくんの腕《うで》をつかんで歩きだした。


あさって公園をぬけて左にまがる。フミオくんの家とは反対《はんたい》の方向《ほうこう》だ。

「はなして、はなして！」

フミオくんは、つかまれた腕《うで》をひっぱった。だけどシマウマは、

「はいはい、おうちに帰りましょうね」

と、はなしてくれない。そこでこんどは大声で、

「たすけて、たすけて!」

と、さけんだけれど、

「おや、シマウマ」

「まあ、シマウマ」

「二足歩行だ」

「エプロンよ」

と、道ゆく人たちは、シマウマに目をうばわれている。

とほうにくれたフミオくんは、これから、どこにつれていかれるのかと考えた。

シマウマの家といったら草原？　それともやっぱり動物園《どうぶつえん》？

シマウマといっしょに草を食べている自分のすがたが頭にうかび、思わず、ぶんぶん首をふった。

「さあ、つきましたよ。シマオちゃん」

きゅうにシマウマがたちどまった。

フミオくんがおそるおそる顔をあげると、そこには小さな庭《にわ》つきの、こぢんまりした家があった。

なんだ、ふつうの家じゃないか、とフミオくんはすこしほっとした。これならぼくにも住《す》めるかも、と思ったけれど、だからといって、いっしょにはいれない。

「ぼく、シマオじゃなくて、フミオです」

「まだ、そんなことといってるのね。シマオちゃんたら」

シマウマはウフフと笑《わら》いながら、エプロンのポケットからカギをとりだし、玄関《げんかん》をあけると、

「にもつはママがもつから、さあ、はいって」

牛乳《ぎゅうにゅう》がはいった買《か》い物《もの》ぶくろを、フミオくんからひょいととりあげた。

「あっ、かえして！」

フミオくんは買《か》い物《もの》ぶくろをひっぱった。

「あら、えんりょしないで」

シマウマもひっぱりかえす。

そうして、二人でぐいぐいひっぱりあっているうちに、買《か》い物《もの》ぶくろがさけてしまった。牛乳《ぎゅうにゅう》はいきおいよく玄関《げんかん》の床《ゆか》に落《お》ち、紙パックがやぶれて、なかの牛乳《ぎゅうにゅう》がビシャッととびちる。

「んまっ！　どうしましょ！」

シマウマがひめいをあげた。

「エプロンに！　牛乳《ぎゅうにゅう》が！　はやくお洗《せん》たくしなくっちゃ！」

あわてたシマウマは、フミオくんの腕《うで》をはなした。

フミオくんは、よし、このすきに、といちもくさんににげだした。


ぜえぜえ息《いき》をきらしながら、フミオくんはふりかえった。

そこにシマウマのすがたはない。胸《むね》をなでおろして前をむいた。

とたんに、はっと息《いき》をのむ。

目の前にウシがいる。白と黒のまだらもようのウシだ。大きなバッグを肩《かた》にさげ、メガネまでかけている。

「まあ、ウシオ」

ウシはフミオくんに笑《わら》いかける。

「ちょうどよかった。お母《かあ》さん、仕事《しごと》がおわったの。いっしょにうちに帰りましょ」

「ぼ、ぼく、ウシオじゃないです。フミオです」

フミオくんはあとずさりした。

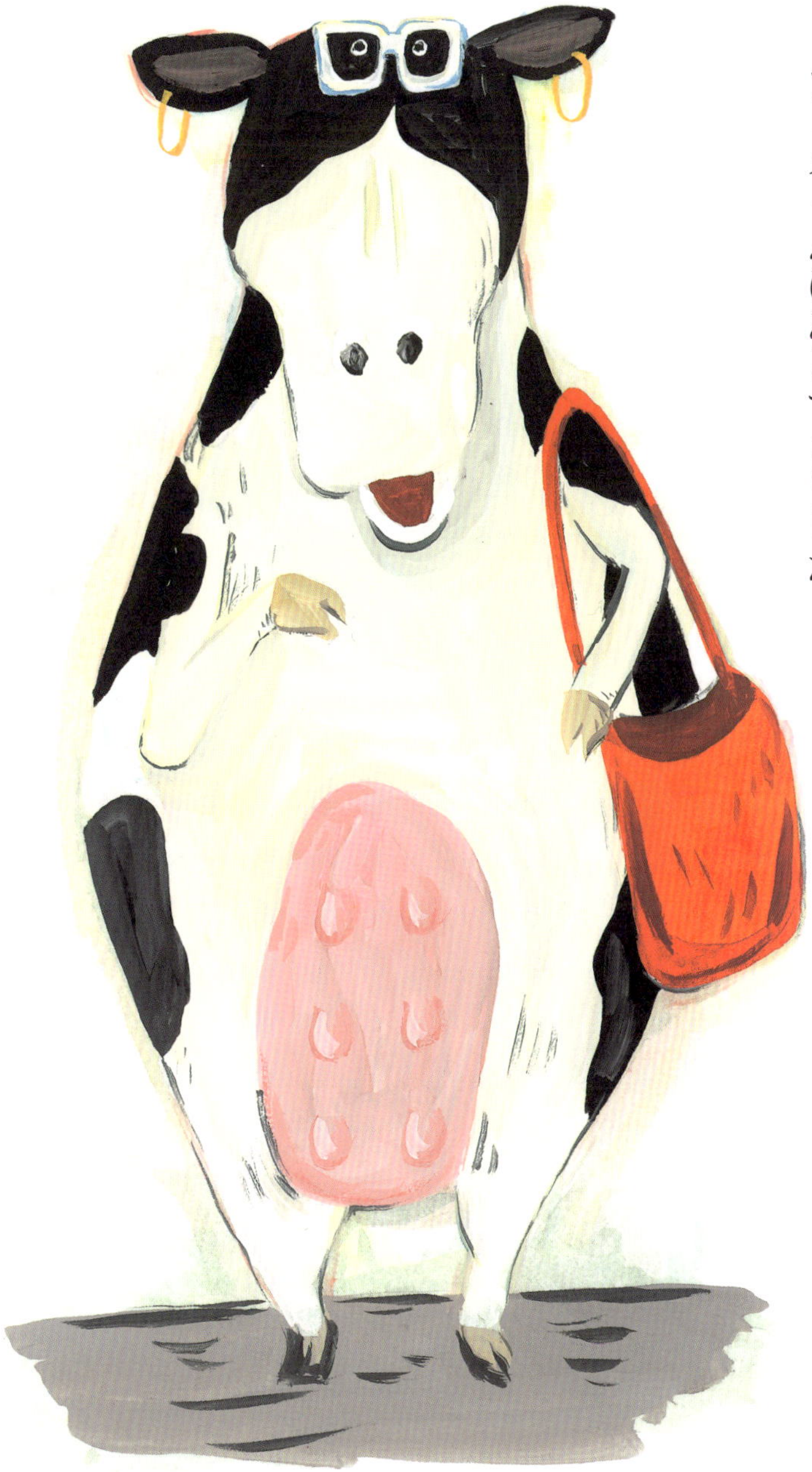

「もようだって、ほら、おばさんとぜんぜんちがいますよ」

よこじまもようのTシャツを指《ゆび》さした。するとウシは、

「あら、ほんとね。なんだか、もようがちがうみたい」

と、メガネのむこうでふしぎそうにまばたきした。が、

「でも、やっぱりウシオだわ。だって、ちゃんとウシのお乳《ちち》のにおいがするもの」

フミオくんのTシャツに顔を近づけ、べろりとなめた。

フミオくんはぎょっとして、なめられたあたりに目をやった。

牛乳《ぎゅうにゅう》のとびちったあとが点々とついている。

「あの、その、これはさっき牛乳《ぎゅうにゅう》が……」

「ウシオったら、お母《かあ》さんをからかわないで。ほら、うちに帰るわよ」

ウシは、フミオくんの腕《うで》をひっぱって歩きだした。

ウシの家はマンションの十階《じゅっかい》だった。

「ただいま、モウコ。お兄《にい》ちゃんもいっしょよ」

ウシは、るすばんをしていたウシの女の子に笑《わら》いかけた。

するとモウコちゃんは、ソファのかげにさっとかくれて、

「お兄《にい》ちゃんじゃないよ」

フミオくんをにらみつけた。

「そうです。ぼく、ウシオじゃないです。フミオです」

だけど、ウシは信《しん》じてくれない。

「はいはい、お母《かあ》さんはお夕はんを作るから、二人でなかよくしてるのよ」

と、台所《だいどころ》にいってしまった。

ソファのかげから、モウコちゃんが、うたぐりぶかそうな目でフミオくんを見つめてくる。

フミオくんは気まずくなって、あの、と声をかけようとした。

「お兄《にい》ちゃんじゃないっ」

モウコちゃんはそういうなり、ソファのうらにひっこんでしまった。

「はぁ」

フミオくんはため息《いき》をついて、窓《まど》の外に目をやった。

夕日が町をオレンジ色にそめている。

きっと今ごろ、お母《かあ》さんも夕はんのしたくをしているはずだ。おつかいにいったきりフミオくんが帰ってこないのを、心配《しんぱい》しているかもしれない。

とにかくここからにげるんだ、とフミオくんは決心《けっしん》した。でも、玄関《げんかん》の手前には台所《だいどころ》があるし、窓《まど》からにげようにも、ここは十階《じゅっかい》……。

「そうだ、一一〇番」

フミオくんはひらめいた。

ウシにかってにつれてこられたのだから、これは、ゆうかい事件《じけん》。だったら一一〇番に電話して、おまわりさんにたすけてもらえばいいんじゃないか。

フミオくんは部屋《へや》のすみにおいてある電話に近づくと、こっそり受話器《じゅわき》をとろうとした。

「もうお夕はんだから、電話はあとよ」

台所《だいどころ》からウシの声がして、フミオくんはびくっと手をひっこめる。

「わーい、ごはんっ、ごはんっ」

モウコちゃんは、もうフミオくんには目もくれず、まっすぐテーブルにむかっていく。

フミオくんはどうしようかとなやんだけれど、あとで電話をかけるためにも、ひとまずモウコちゃんについていった。

「さあ、今日はお父《とう》さんの帰りがおそいから、さきにいただきましょ」

二人がせきにつくと、ウシはテーブルに夕はんをならべた。

モウコちゃんにはスープ皿《ざら》にはいった牛乳《ぎゅうにゅう》で、フミオくんには銀色《ぎんいろ》のボールに山もりのワラ。とまどうフミオくんのとなりで、モウコちゃんは、ぴちゃぴちゃとおいしそうに牛乳《ぎゅうにゅう》をなめている。

「えっと、ぼくもあっちのほうが……」

フミオくんが、牛乳《ぎゅうにゅう》をよこ目で見ながらいうと、

「なにいってるの。ウシオはもうお兄《にい》ちゃんでしょ」

ウシはあきれたように鼻《はな》から息《いき》をはく。

「でも、ぼく、ウシじゃなくてニンゲンです」

フミオくんはいいかえす。

「それに、ウシオじゃなくてフミオです」

しかし、ウシはとりあってくれない。

「また、じょうだんいって。フミオじゃなくてウシオでしょ」

「ちがいます。フミオです」

「お母《かあ》さん、フミオなんて子、知らないわ」

「でも、ほんとうにフミオで」

「いいえ、フミオじゃないわ」

「だけど、フミオで」

「ぜったいフミオじゃないわ」

「だから、ぼく、フミオじゃなくて……」

あれ？　フミオくんはあわてて口をつぐんだ。

　すると、ウシはまんぞくそうにうなずいた。

「ね、フミオじゃないのよ。そんなことより、はやくお夕はんを食べなさい。このワラ、ほしたてでとってもおいしいんだから」

　そういうなり、むしゃむしゃワラを食べだした。

　フミオくんは自分のワラをじっと見つめた。もちろん食べる気なんておこらない。

　ただ、ウシといいあっているうちに、なんだかおかしな気分になっていた。自分がほんとうにフミオなのか自信《じしん》がなくなってきた。ウシオじゃないことはわかっている。シマオでもない……。

　じゃあ、ぼくはだれなんだろ？

　フミオくんは考えた。考えたとたん、体じゅうがぞわっとした。きゅうに自分のなかがからっぽになったような、自分が自分でなくなってしまったような、へんな感《かん》じ。

フミオくんは、いてもたってもいられなくなってきて、

「うわっ！」

と、大声をあげると、玄関《げんかん》にむかってかけだした。

「ウシオ！　おぎょうぎがわるいでしょ！」

ウシはすぐさまおいかけてくる。

フミオくんはかまわず走りつづけ、くつもはかずに玄関《げんかん》のドアのとってに手をかけた。

そのとき、ピンポン、とチャイムが鳴った。

もしかしてシマウマがきたのかと、フミオくんはとっさに手をはなす。

「はいはい、お客《きゃく》さんね」

ウシがかわりにドアをあける。

するとどういうわけか、外には、おまわりさんがたっていた。

「ぼく、電話してないはずなのに……？」

フミオくんがぽかんとしていると、

「どうやら二人であそんでいるうちに、道にまよってしまったようでして」

と、おまわりさんは自分の後ろに顔をむけた。

フミオくんがのぞいてみると、そこには、そろって泣《な》きべそをかいている、シマウマの男の子とウシの男の子がたっていた。

「いやあ、それにしても、あさって町にシマウマさんとウシさんが、お住《す》まいとは知りませんでしたよ」

おまわりさんはそういってワハハと笑《わら》うと、

「では、この子も家までおくっていきますので」

と、シマオくんの前足をひいて帰っていった。

「お兄《にい》ちゃん、お帰り！」

モウコちゃんが、ウシオくんにだきついた。

ウシオくんは、あいかわらず泣《な》きべそをかいている。

そしてウシはといえば、メガネをなんどもかけなおし、ウシオくんとフミオくんを見くらべたあと、とつぜんはっとしたように、冷蔵庫《れいぞうこ》からビンにたっぷりはいった牛乳《ぎゅうにゅう》をとりだして、

「ぼうや、また、いつでもあそびにきてね」

と、ニッコリ笑《わら》いながら、フミオくんにわたした。


フミオくんは、牛乳《ぎゅうにゅう》をかかえてマンションをでた。

とぷん、とぷん。

ビンのなかで牛乳《ぎゅうにゅう》が波《なみ》うっている。

フミオくんは、胸《むね》にぽかんと穴《あな》があいたみたいだった。やっとマンションをでることができ、牛乳《ぎゅうにゅう》ももらえたのに、あんまりうれしくない。

太陽が町のむこうにしずんでいき、オレンジ色だった空は、どんどん暗《くら》くなっていく。

「そうだ、はやく家に帰らなきゃ」

フミオくんはかけだした。

家についたときには、もうすっかり日はくれていた。そして、玄関《げんかん》の前には、お母《かあ》さんがたっていた。

お母《かあ》さんはフミオくんを見るなり、いっしゅん、ほっとしたような顔をした。が、すぐにぐっと目を見ひらくと、

「こら、フミオ！」

大声でどなった。

「こんなにおそくなって、心配《しんぱい》したでしょ！」

ところが、フミオくんはぜんぜんこわくなかった。それどころか、フミオとよばれたとたん、笑《わら》いそうになってしまった。

でも、そんなことをしたら、お母《かあ》さんはますますおこりだすので、フミオくんはわざと顔をしかめて、

「はい、これ」

ビンいりの牛乳《ぎゅうにゅう》をわたした。

「あら、おいしそう」

お母《かあ》さんは、ちょっとだけきげんをなおした。

けれどまたすぐ、いったいどうしておそくなったの？　明るいうちに帰ってこなくちゃだめでしょ？とおせっきょうした。

「わかった、フミオ？」

お母《かあ》さんは、フミオくんの顔をのぞきこむ。

フミオくんはひっしに顔をしかめたまま、ああ、そうか、と心のなかでつぶやいた。やっぱり、ぼくはウシオでもシマオでもなく……

「わかった！　ぼくはフミオなんだよ！」

フミオくんはとうとう笑《わら》ってしまった。

# がいこうおじさん

「あっ、がいこつ」

とつぜん、だれかの声がした。

あさって町の町民《ちょうみん》プールの前でまちあわせしていたフミオくんは、思わず声がしたほうを見た。

たしかに、そこには、がいこつがいた。ひょろりと背《せ》が高く、黒い野球《やきゅう》帽《ぼう》をかぶったがいこつだ。前の通りを、こっちにむかって歩いてくる。

「理科室からにげてきたんだな」

「お墓《はか》からかもしれないぞ」

「いいえ、お化《ば》け屋敷《やしき》からよ」

通りをいきかう人たちが、とおまきにがいこつをながめている。

そんななか、がいこつは、あいかわらずプールのほうにむかってくる。

顔にぽかりとあいた二つの目の穴《あな》は、まっすぐフミオくんを見ているみたいだ。

フミオくんは、きゅうに背《せ》すじがぞくっとした。いそいで、がいこつに背《せ》をむけると、プールの入り口からなかにはいろうとした。

「いやあ、またせたな」

そのとき、肩《かた》をがしりとつかまれた。おそるおそるふりかえると、やっぱり後ろにがいこつがいた。

「ぼ、ぼく、がいこつなんて、まっていませんよ」

フミオくんは、ふるえる声でいいかえした。

すると、がいこつはハハハと笑《わら》って、

「なにいってるんだ。一時に町民《ちょうみん》プールの入り口の前に集合《しゅうごう》って約束《やくそく》したじゃないか」

と、いってきた。

フミオくんは目を丸くした。がいこつのいうとおり、きのうの夜、「一時に町民《ちょうみん》プールの入り口の前に集合《しゅうごう》」と電話で約束《やくそく》したからだ。

「で、でも、ぼくが約束《やくそく》した相手はジロウおじさんで……」

そういいかけて、フミオくんは、おや？と思った。

よく見ると、がいこつがかぶっているのはジャイアンツの帽子《ぼうし》で、ジロウおじさんがいつもかぶっているのとおんなじだ。それに身長《しんちょう》だっておなじくらいで、みょうにへらへらした声もにてなくもない……。

「もしかして、ジロウおじさん?」

「いかにも」

がいこつは、かくん、とうなずいた。

「どうしたの、そのかっこう?」

「ぜんぶ、ぬいできたんだ。

あついから」

フミオくんとジロウおじさんは、受付《うけつけ》をすませると、海水パンツにきがえて屋外《おくがい》のプールにむかった。夏休みともあって、すごくこみあっている。二人は人のあいだをぬうようにして、プールサイドを歩いていく。

「ママッ、がいこつ」

どこかで小さな女の子の声がした。

「はいはい、こっちにいらっしゃい」

すぐに女の人の声がする。

でも、おじさんは気にするようすもない。

「まずは準備体操《じゅんびたいそう》だ」

と、はりきってくっしんをはじめた。

フミオくんはあつくてまっていられないので、さきにプールにはいった。

ぽきっ、ぽきっ。

おじさんが、ひざをまげるたびに音がする。

ジロウおじさんは、フミオくんのお父《とう》さんの弟だ。おじさんとお父《とう》さんは、ひょろっとした見た目はにているけれど、することはひとつもにていない。お父《とう》さんは今日みたいな日でも、えりのついたシャツをきて長ズボンをはく。いくらあつくても、おじさんみたいに骨《ほね》だけになるようなことは、ぜったいにしない。フミオくんはおじさんに会うたびに、お父《とう》さんがぼくのお父《とう》さんでよかったと思うのだ。

「よーし、これで準備万全《じゅんびばんぜん》だ」

ようやく、おじさんが体操《たいそう》をすませた。そして、

「さあ、じゃんじゃん泳《およ》ぐぞ」

と、いうなり、いきおいよくプールにとびこんだ。

バシャッ、と水しぶきがフミオくんの顔にかかる。

フミオくんはそれを手でぬぐいながら、しかえししてやろうと、おじさんがプールから顔をだすのをまった。

ところが、いくらまっても、おじさんはあがってこない。気づかないうちにでてきたのかと、あたりを見まわしても、おじさんのすがたは見あたらない。

「へんだな、どうしたんだろ？」

フミオくんは心配《しんぱい》になってもぐってみた。

すると、おじさんがプールの底《そこ》でうつぶせにたおれていた。あわててゆさぶっても、ぴくりともうごかない。

フミオくんは水から顔をだすと、大声でさけんだ。

「だれか！　たすけて！」

すぐさま監視員《かんしいん》のお兄《にい》さんがプールにとびこんで、おじさんをプールサイドにひっぱりあげた。

「ニンゲンの体はね、しぼうがあるから浮《う》くんです。あなたみたいに骨《ほね》しかない人は、しずむに決《き》まってるじゃないですか、まったく」

お兄《にい》さんは、おじさんをしかりつけた。それからこんどはフミオくんのほうをむいて、

「きみもね、がいこつをつれてくるんだったら、ちゃんとめんどうを見なくちゃだめだよ」

と、こわい顔をしたので、フミオくんは、しぶしぶ、はい、と小さな声で返事《へんじ》をした。

そのあとけっきょく、二人はプールからおいだされてしまった。しかたなく、近くのあさって公園にいくと、木かげにすわってアイスキャンディを食べだした。

「おじさんがそんなかっこうしてくるから、ぜんぜん泳《およ》げなかったじゃな

いか」

バニラ味《あじ》のアイスキャンディをなめながら、フミオくんはいった。

「だって、すずしいんだぞ。風が体をとおりぬけていくんだぞ」

イチゴ味《あじ》のアイスキャンディをかみくだきながら、おじさんはこたえる。

くだけたアイスキャンディは、骨《ほね》と骨《ほね》のあいだをすりぬけ、しばふの上に落《お》ちていく。それをアリたちがせっせと巣《す》に運《はこ》んでいく。

パコーン、パコーン。

目の前のコートで、男の人と女の人が二人でテニスをしている。ボールをうちあう音があたりにひびいている。

「夏休みの宿題《しゅくだい》はおわったか？」

ふいに、おじさんが口をひらいた。

「あと工作がのこってる」

フミオくんは、わざと、そっけない声をだす。

「今年はなにを作るんだ」

「紙ねんどで貯金箱《ちょきんばこ》」

　すると、おじさんはあきれたような顔をして、

「なんだ、きょねんとおなじじゃないか」

と、いったので、フミオくんは、

「ちがうよ。きょねんはステゴサウルスの貯金箱《ちょきんばこ》で、今年はケントロサウルスの貯金箱《ちょきんばこ》」

と、いいかえし、さらに二頭はよくにているけれど、ケントロサウルスはステゴサウルスよりも小さくて、背中《せなか》のとげとげが細長いのだと説明《せつめい》した。

　しかし、おじさんは、足の骨《ほね》にのぼってきたアリを指《ゆび》ではじくのに夢中《むちゅう》で、もうきいていない。

　フミオくんはむすっとしながら、とけかかったアイスキャンディを口にいれた。

「あぶない！」

とつぜん男の人の声がした。

とっさに声がしたほうを見ると、テニスボールがいきおいよく、こっちにむかってとんできた。

フミオくんは、あわてて体をかわした。

するとボールは、おじさんの頭にみごとめいちゅうし、ぼこん、とにぶい音がひびいた。

「おじさん、だいじょうぶ？」

フミオくんは、おそるおそる声をかけた。

しかし、おじさんは、じっとしたまましゃべらない。

「ねえ、ジロウおじさん」

フミオくんは、おじさんの肩《かた》にそっと手をおいた。

と、そのしゅんかん、おじさんは、ばらばらにくずれてしまった。

キャッ、とひめいをあげて、男の人と女の人はにげていく。

フミオくんは、あたりにちらばった骨《ほね》をながめながら、しばらくぽかんとしていたけれど、はっとわれにかえるなり、骨《ほね》をあつめてくみたてはじめた。

一時間ほどたったころには、ばらばらだったおじさんも、ほとんどもとどおりになっていた。

「ふうっ、これで最後《さいご》」

フミオくんはおでこの汗《あせ》をぬぐうと、首の骨《ほね》の上に、ずがいこつをよいしょとおいた。

「いやあ、さっきは死《し》ぬかと思ったぞ」

たちまち、おじさんはおきあがった。

そして、体のちょうしをたしかめるように、その場でぴょんぴょんジャンプしだした。

ところが、三回ほどジャンプしたところで、きゅうにとまって、

「おかしい、なにかたりない気がするぞ」

と、首をかしげた。

「これじゃないの？」

フミオくんは、足もとにころがっていたジャイアンツの帽子《ぼうし》をひろってわたす。

「おお、これか、これか」

おじさんはさっそくかぶった。が、かぶったのとどうじに、

「いや、これじゃない」

と、首をふり、

「どうも、このへんが、すかすかするんだよな」

と、左胸《ひだりむね》のあたりを指《ゆび》さした。

いったいなにがたりないのかと、フミオくんはおじさんの胸《むね》に顔を近づけた。

「あっ、あばら骨《ぼね》！」

フミオくんはさけんだ。

左胸《ひだりむね》のあばら骨《ぼね》が一本かけている。

「さっき、ぜんぶひろったはずなのに……」

フミオくんは、しばふの上を調《しら》べなおした。

しかし、見つかったのはアイスキャンディのぼうだけで、あばら骨《ぼね》はどこにもない。

「へんだな、どこにいったんだろ？」

フミオくんが首をかしげたそのとき、

「おい！」

おじさんのどなり声がした。

骨《ほね》が見つかったのかと、フミオくんは顔をあげた。

すると、十メートルほどはなれたところに、赤い首輪《くびわ》をしたブルドッグがいた。口には、白くて細長いものをくわえている。

「おい！　それは、おれのあばら骨《ぼね》だぞ！」

そうどなるなり、おじさんはブルドッグめがけて走りだした。

ブルドッグは骨《ほね》をくわえたまま、あさって公園《こうえん》のうらの住宅街《じゅうたくがい》にかけこんでいく。

「おじさん、まってよ！」

フミオくんもいっしょにおいかける。

しかし、イヌの足にはとうていかなわない。二人はどんどんひきはなされていき、たちまちブルドッグを見うしなってしまった。

「骨《ほね》が、おれの、あばら骨《ぼね》が……」

おじさんは道にひざをつき、体じゅうの骨《ほね》をカタカタふるわせた。

「まあ、おじさん。あばら骨《ぼね》なんてたくさんあるんだから、一本くらいなくたって平気《へいき》だよ」

フミオくんは、おじさんの肩《かた》をたたいてはげました。

だけど、おじさんは、

「おれの、おれの……、あばら骨《ぼね》……」

ついには、目の穴《あな》からぼろぼろ涙《なみだ》をこぼしはじめた。

へえ、がいこつでも涙《なみだ》がでるんだな、とフミオくんは感心《かんしん》した。

でも……ちょっとだけ、かわいそう。


泣《な》きつづけるおじさんをつれて、フミオくんは家に帰った。お父《とう》さんとお母《かあ》さんにばれないように、自分の部屋《へや》にこっそりあがると、机《つくえ》のひきだしから新品《しんぴん》の紙ねんどをとりだした。

「それ、どうするんだ？」

鼻《はな》をすりながら、おじさんがたずねる。

「あばら骨《ぼね》を作るんだよ」

あたりまえのように、フミオくんはこたえた。

「だれの？」

「おじさんのに決《き》まってるでしょ」

「でも、それじゃあケントロサウルスが作れないだろ」

なんだ、さっきの話、ちゃんときいてたんだ、とフミオくんはすこしおどろきながら、

「いいよ、べつに」

と、紙ねんどをこねだした。


これて、形をととのえ、ドライヤーでかわかし、それから、しあげにニスをぬって、おじさんのあばら骨《ぼね》は完成《かんせい》した。

「じょうできでしょ」

フミオくんがとくいになっていうと、おじさんはだまってあばら骨《ぼね》を手にとり、左胸《ひだりむね》にあてた。

「ふん、まあまあだな」

おじさんの胸《むね》にぴたりとおさまった紙ねんどのあばら骨《ぼね》は、窓《まど》からさしこむ夕日をあびて、てかてかとかがやいている。

フミオくんは思わずフフフと笑《わら》った。

おじさんも、ちょっとはずかしそうにハハハと笑《わら》う。

けれど、すぐにしんけんな顔をして、

「今日のことは、だれにも、とくに兄《にい》さんにはいわないように」

と、いった。

「どうしようかな」

フミオくんは、わざとらしく目をそらした。

おじさんの目の穴《あな》から、また涙《なみだ》がこぼれる。

「じょうだんだよ、じょうだん」

フミオくんがまた笑《わら》うと、おじさんはほっと息《いき》をつき、

「じゃあ、またな」

と、いうなり、そそくさと帰っていった。

フミオくんが部屋《へや》の窓《まど》から外に目をやると、夕日にむかって、カタカタと走るおじさんの後ろすがたが見えた。

フミオくんはそれをながめながら、やっぱり、お父《とう》さんがぼくのお父《とう》さんでよかったと思った。それからベッドにねころがると、こんどは、おじさんとどこにいこうかと考えた。

ぴったり

学校の帰り道、ふいに後ろで足音がして、フミオくんはふりかえった。

ところが、だれのすがたもない。なんだ気のせいか、とフミオくんは前をむいた。すると、足もとに一足の運動《うんどう》ぐつがおいてあったのだ。

「あれ？　さっきはなかったはずなのに……」

なんだかくたびれた運動《うんどう》ぐつだ。形はくずれ、ひものはしはほつれ、たぶん、もとは白かった布地《ぬのじ》は灰色《はいいろ》にくすんでいる。

いったいだれがおいていったのかと、フミオくんは首をかしげた。が、

「まあ、いいか」

運動《うんどう》ぐつをよけて進《すす》もうとした。

「おい、まてよ！」「ちょっとまて！」

とつぜん運動《うんどう》ぐつがとびあがった。

フミオくんは、びっくりしてかけだしたけれど、

「こら、まてったら！」「そうだ、まて！」

たちまち運動《うんどう》ぐつに、おいつかれてしまった。

「いったい、なんのようなのさ？」

フミオくんは、かんねんしてたちどまると、きいてみた。

「おいらたちを、はけよ」「そうだ、はけ」

運動《うんどう》ぐつはえらそうにいった。

「どうして、はかなきゃいけないのさ？」

すると、運動《うんどう》ぐつはそれにはこたえず、フミオくんがはいている青いスニーカーをじっと見つめてこういった。

「おまえ、そのくつ、大きいだろ」「ちょっとだけ、大きいだろ」

フミオくんはどきっとした。たしかに、今はいているスニーカーはすこし大きい。歩くと、かかとのあたりがすかすかする。でも、このスニーカーは、おじさんに買ってもらったばかりなので、

「ぼくは、これがいいんだよ」

フミオくんはいいかえした。

「いいや、よくない！」

運動《うんどう》ぐつは、どうじに声をはりあげた。

「おいらたちは、ずっとさがしてたんだ！」

「ぴったりの足をさがしてたんだ！」

「おまえの足は、おいらたちにぴったりだ！」

「一ミリのくるいもなく、ぴったりだ！」

「だから、はけ！」「さっさと、はけ！」

ぴょんぴょんはねながら、わめきちらす。

「わ、わかった！　はいてみるよ」

フミオくんがたまらずそういうと、

「どうぞ、おはきください」「えんりょなく、おはきください」

運動《うんどう》ぐつは、くるりとフミオくんにかかとをむけた。

「はぁ、まったく」

フミオくんは、しぶしぶ運動《うんどう》ぐつにはきかえた。

そのとたん、あっ、と小さく声をあげる。

ぴったりだ。

大きくもなく小さくもなく、まるでこの運動《うんどう》ぐつまで自分の足みたいだ。

「ためしに歩いてみろよ」「そうだ、歩け」

フミオくんはぬいだスニーカーを手にもつと、おそるおそる歩いてみた。もちろん、かかとはすかすかしない。

「走ってみろよ」「そうだ、走れ」

フミオくんは、いわれるままに走ってみた。足がぐんぐん進《すす》んでいって、あっというまに、前を走っていた自転車《じてんしゃ》をおいぬいた。

「すごいや！　こんなにはやく走れるなんて！」

フミオくんがこうふんしてさけぶと、運動《うんどう》ぐつはすかさず口をひらいた。

「そうだ、おいらたちははやいんだ」「どうだ、自分のくつにしたくなっただろ」

フミオくんは、たちどまって考える。ほんとうなら、こんなにくたびれた運動《うんどう》ぐつをはくのはいやだけど、これがあればはやく走れる。それに、あしたから体育《たいいく》の授業《じゅぎょう》でマラソン大会の練習《れんしゅう》がはじまる。

じつはフミオくんはマラソンが苦手《にがて》だ。いつも順位《じゅんい》は後ろから数えたほうがはやいのだ……。

「よし、決《き》めた」

フミオくんは運動《うんどう》ぐつをはいたまま家に帰った。そして、これでマラソンはだいじょうぶ、とほっとしながら、スニーカーといっしょにくつ箱《ばこ》にしまった。

つぎの日の朝。

「おっ。フミオ、家のなかでなにをはいてるんだ?」

お父《とう》さんはフミオくんを見るなり、おどろいたような顔をした。

「なにって、ぼく、はだしだよ」

パジャマすがたのフミオくんは、自分の足に目をやった。

いつのまにか、あのくたびれた運動《うんどう》ぐつをはいている。

フミオくんはあわてて運動《うんどう》ぐつをぬいで、玄関《げんかん》にむかった。

「かってに足にはまらないでよ」

運動《うんどう》ぐつをおいて、にらみつける。ところが運動《うんどう》ぐつは、

「ようやくぴったりの足を見つけたんだ」「ちょっとでも長くはまってないと、そんじゃないか」

「どうせ今日も学校にいくんだろ」「とっとと、したくしたらどうなんだ」

と、いばったちょうしでせかしてくる。

「とにかく、すぐもどるからじっとしてて」

フミオくんは大いそぎで自分の部屋にいき、学校のしたくをすませた。

そして、これまた大いそぎで朝ごはんを食べると、

「いってきます」

玄関《げんかん》にもどって、運動《うんどう》ぐつをはいた。

「よし、いくぞ！」「さあ、いくぞ！」

とたんに、足がひとりでに前に進《すす》みだした。

「かってにうごかないでよ！」

ドアをあけながらさけんだけれど、運動《うんどう》ぐつはきいていない。

「おお、いい天気だな！」「ああ、最高《さいこう》の天気だ！」

外にでるなりスキップをはじめた。

「あらあら、元気のいいぼうやだこと」

近所《きんじょ》のおばさんが目を細める。

おなじ学校の子たちが、フミオくんを見てクスクス笑《わら》っている。

フミオくんははずかしくなってうつむいた。ようやく学校につくと、すばやく運動《うんどう》ぐつをぬぎ、げた箱《ばこ》におしこんだ。

「ここでじっとしててよ」

低《ひく》い声でいいながら、やっぱり、こんなくつはいてくるんじゃなかったと、こうかいした。

でも、三時間目はマラソン大会の練習《れんしゅう》だ。フミオくんは気をとりなおして教室にむかった。

「さあ、今から運動場《うんどうじょう》を十周《じゅっしゅう》しましょう」

先生がクラスのみんなに声をかける。三時間目になり、マラソン大会の練習《れんしゅう》がはじまったのだ。

みんなといっしょにスタートラインにならんだフミオくんは、自分の足もとをそっと見た。「またかってなことをしたら、もうはかない」といっておいたからか、運動《うんどう》ぐつはおとなしくしている。

でも、ほんとうに、きのうみたいに走れるかな？　フミオくんがふと不《ふ》

安《あん》になったそのときだ。

ピーッ！

先生が笛《ふえ》でスタートの合図を鳴らした。

すると、つぎのしゅんかん、フミオくんの足はものすごいスピードで進《すす》みだし、たちまち先頭になったのだ。

すごい！　すごい！

フミオくんは心のなかでさけんだ。

「フミオ、どうしたんだ？」

「あんなにはやかったっけ？」

後ろからクラスの子たちの声がきこえてくる。

「だって、おいらたちが走ってるからな」

「ああ、おいらたちがはやいんだ」

運動《うんどう》ぐつが小声でひそひそいっている。

でも、フミオくんは気にならない。なにしろ今、先頭だ。はじめての先頭だ。よし、このままゴールまで一番だ、とフミオくんは思いっきり腕《うで》をふった。

ところが、そのうち、

「ぜぇはぁ」「ぜぇはぁ」

運動《うんどう》ぐつの息《いき》があらくなってきた。スピードはみるみる落《お》ちていき、六《ろく》周目《しゅうめ》にはいったところで、二番だったシュンスケくんにぬかれてしまった。

「しっかりしてよ」

フミオくんがあせっても、

「ぜぇ……はぁ……」「ぜぇ……はぁ……」

運動《うんどう》ぐつの息《いき》はあらくなるばかり。

それからも、フミオくんはどんどんおいぬかれていった。七周目《ななしゅうめ》では四人にぬかれ、八周目《はちしゅうめ》では六人にぬかれ、九周目《きゅうしゅうめ》ではもう数えるのがいやになり、そして、最後《さいご》の十周目《じゅっしゅうめ》を走りおえたときには、とうとう後ろから三番目になっていた。

「うそつき。ぜんぜんはやくなかったじゃないか」

授業《じゅぎょう》のあと運動場《うんどうじょう》にのこったフミオくんは、運動《うんどう》ぐつをにらみつけた。

「マラソンはべつだ」「おいらたちがとくいなのは短距離走《たんきょりそう》だ」

さっきまで苦《くる》しそうにしていた運動《うんどう》ぐつは、もうけろっとしている。

フミオくんはむかっとした。

「じゃあ、もうはかないよ」

運動《うんどう》ぐつをぬぎすて校舎《こうしゃ》にむかう。

「お、おい、そんなにおこるなよ」「そ、そうだ、きげんなおせよ」

後ろで運動《うんどう》ぐつのあせった声がしたけれど、きこえないふりをして歩きつづけた。

でも、やっぱり気になって、げた箱《ばこ》のところでふりかえった。

運動《うんどう》ぐつのすがたは、どこにもない。

学校がおわると、フミオくんはうわばきのまま家に帰った。そして、つぎの日からは、また、買ったばかりの青いスニーカーをはいて、学校にかよいだしたのだ。

それから、ひと月がすぎ、マラソン大会の日になった。空はすっきり晴れわたり、マラソンにうってつけのお天気だ。

一年生、二年生と順番《じゅんばん》に走っていき、とうとうフミオくんたち三年生の番になった。

「いよいよだね」

「きんちょうするなあ」

みんなそわそわしたようすで、スタートラインにあつまっている。

そんななか、フミオくんは大きなため息《いき》をついていた。あれからなんども練習《れんしゅう》があったけれど、順位《じゅんい》は決《き》まって後ろから二番目か三番目だった。

「フミオ、元気だせよ」

となりで体をほぐしているシュンスケくんが、声をかけてきた。

でも、フミオくんは元気なんてわいてこない。あーあ、今年も学校の全《ぜん》員《いん》にかっこわるいすがたを見られるなんて……。
「では、みなさん、位置《いち》について」
校長先生がピストルをかまえた。
みんなぴたりとおしゃべりをやめ、フミオくんはごくっと息《いき》をのむ。そして、
パーンッ！
スタートの合図がひびきわたり、三年生たちはいっせいにかけだした。

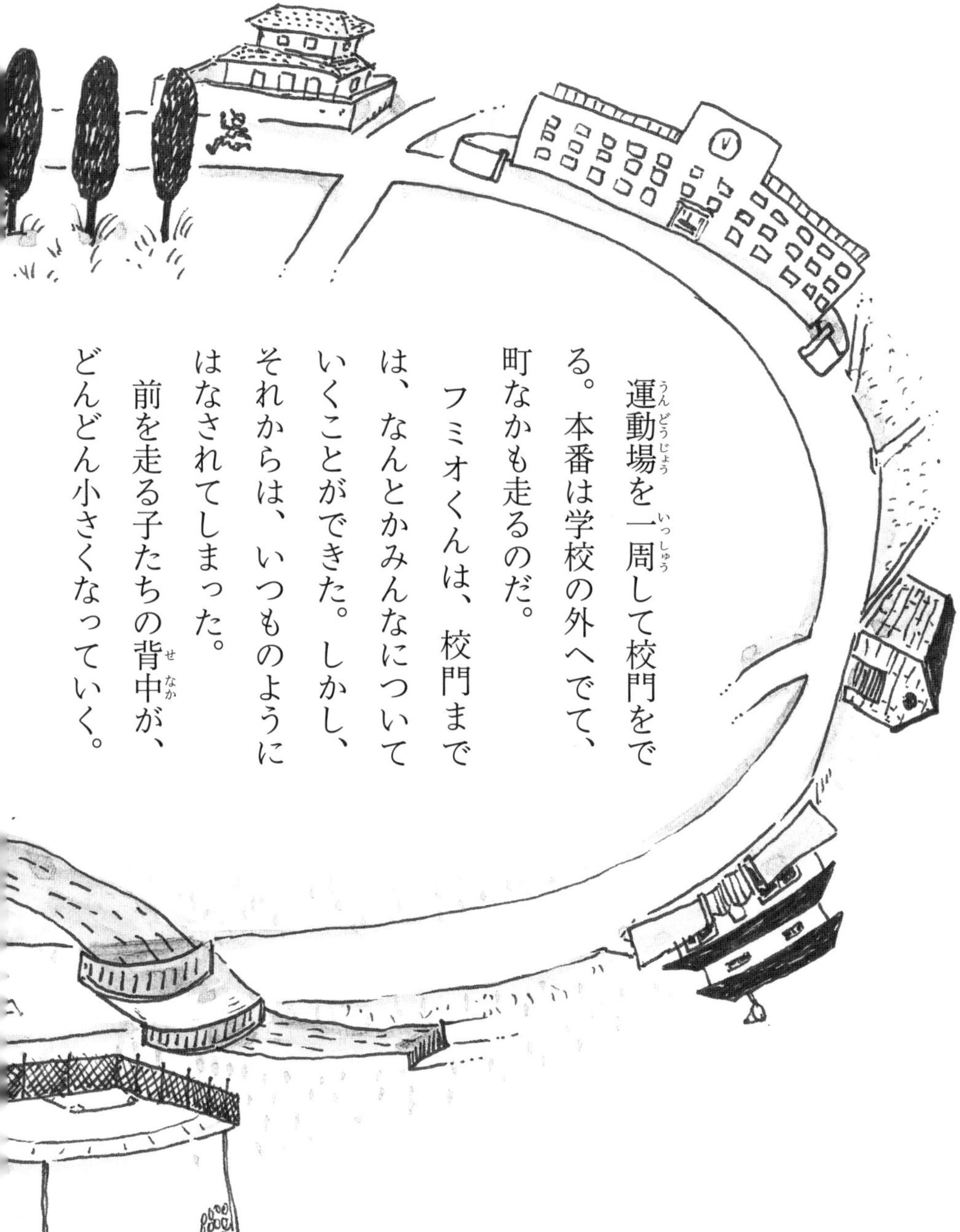

運動場《うんどうじょう》を一周《いっしゅう》して校門をでる。本番は学校の外へでて、町なかも走るのだ。
フミオくんは、校門までは、なんとかみんなについていくことができた。しかし、それからは、いつものようにはなされてしまった。
前を走る子たちの背中《せなか》が、どんどん小さくなっていく。

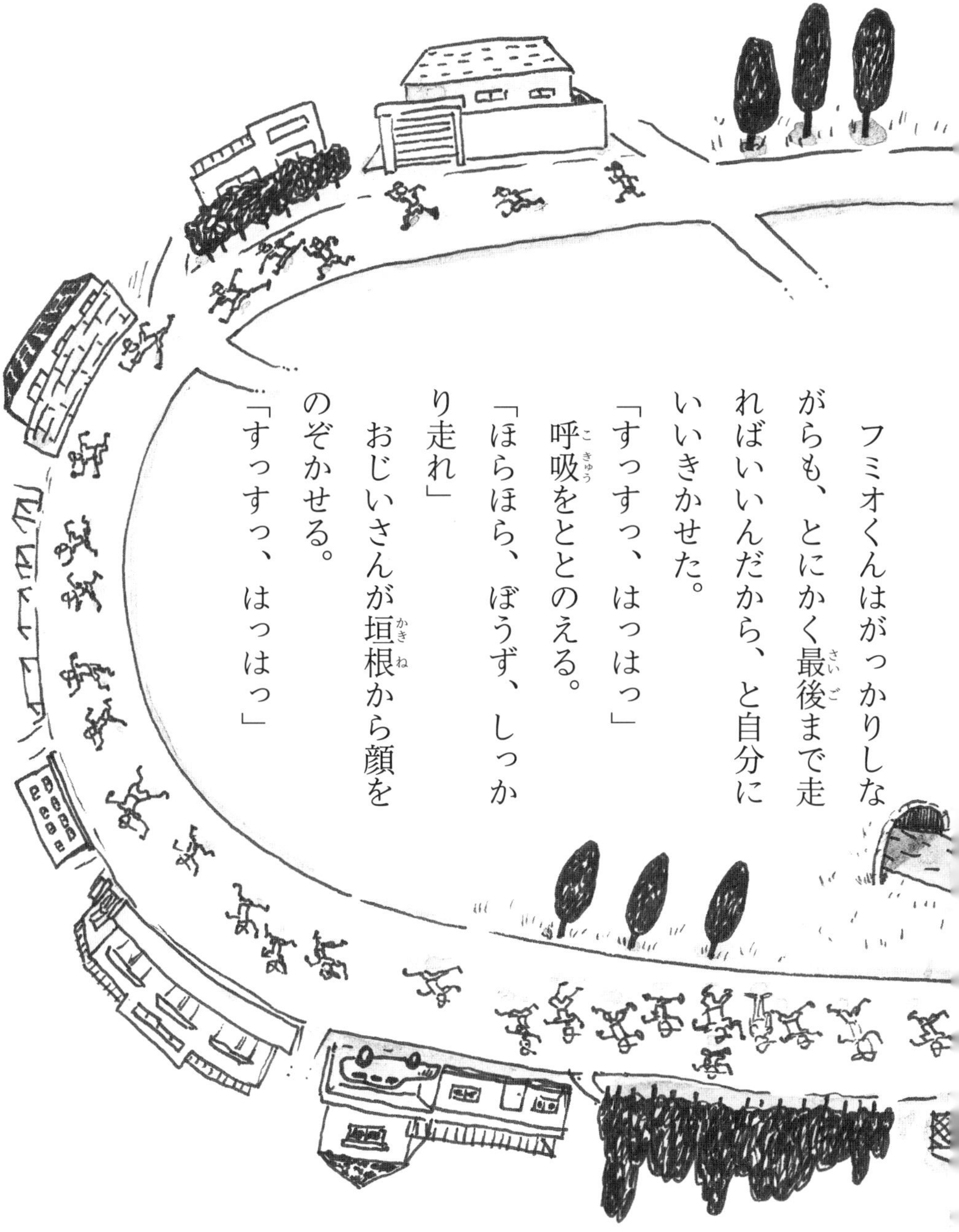

フミオくんはがっかりしながらも、とにかく最後《さいご》まで走ればいいんだから、と自分にいいきかせた。

「すっすっ、はっはっ」

呼吸《こきゅう》をととのえる。

「ほらほら、ぼうず、しっかり走れ」

おじいさんが垣根《かきね》から顔をのぞかせる。

「すっすっ、はっはっ」

フミオくんは気にせず、自分のペースで走りつづける。

住宅街《じゅうたくがい》をぬけ、あさって川にむかう。この川にかかった橋《はし》をわたれば、のこり半分。

「すっすっ、はっはっ」

まだ呼吸《こきゅう》はみだれていない。今日はなかなかちょうしがいい。もしかしたら、すこしはましな順位《じゅんい》になるかもしれないと、フミオくんはスピードをあげて橋《はし》をわたった。

ところが、しばらくすると、

「ぜっはっ、ぜっはっ」

きゅうに息《いき》があらくなってきた。お腹《なか》がしくしく痛《いた》みだし、足は重《おも》たくなっていく。

「どうしよう、ぜっはっ……、これじゃ最後《さいご》まで、ぜっはっ……」

そのとき後ろから、かすかな足音とともに、ききおぼえのある声がした。

「おい、おまえ、ぜぇはぁ」「勝負《しょうぶ》だ、ぜぇはぁ」

はっとしてふりかえると、ひと月前いなくなったあの運動《うんどう》ぐつが、すぐ後ろを走っていた。

「おいらたちが勝《か》ったら、ぜぇはぁ」「また、おいらたちをはけ、ぜぇはぁ」

運動《うんどう》ぐつは息《いき》をきらしながらせまってくる。いったいこれまでなにをしていたのか、ますますよごれてくたびれている。

フミオくんは、ふたたびあらわれた運動《うんどう》ぐつ

におどろきながらも、
「なにかってなこと、ぜっはっ、いってるのさ、ぜっはっ」
思いっきり足を前にだした。

フミオくんと運動《うんどう》ぐつは、ぬきつぬかれつひっしで走った。ひっしで走っているうちに、前にいた子たちを一人、二人とおいぬいていった。ぬかれた子たちは、運動《うんどう》ぐつとはりあっているフミオくんを見て目を丸くした。フミオくんは、そんなことまったく気づかず走りつづけた。

また、あさって川をわたり、住宅街《じゅうたくがい》にもどってきた。学校が見えはじめ、ゴールまであとすこし。

「あいたっ！」
とつぜん、左がわの運動《うんどう》ぐつが、さけびながら道のまんなかにころがっていった。ほどけかかったくつひもを、右《みぎ》がわの運動《うんどう》ぐつにふまれてしまったのだ。

「だいじょうぶか！」

右《みぎ》がわの運動《うんどう》ぐつが、左がわの運動《うんどう》ぐつにかけよった。

「だめだ……、もう走れない……」

「あきらめるなよ。あんなに練習《れんしゅう》したじゃないか」

フミオくんは、思わずその場で足ぶみしだした。きゅうにいなくなったと思ったら、まさか練習《れんしゅう》していたなんて。

「おーい」

声をかけてみたけれど、運動《うんどう》ぐつは道にころがったまま、いっこうにうごかない。そのあいだに、さっきおいぬいた子たちが、つぎつぎと運動《うんどう》ぐつとフミオくんをぬきかえしていく。

「はぁ」

フミオくんはため息《いき》をつき、自分の足もとをじっと見つめた。

それから、よし、と運動《うんどう》ぐつのところにひきかえすと、スニーカーから運動《うんどう》ぐつにはきかえた。そして、ぬいだスニーカーを両手ににぎり、また学校を目指《めざ》して走りだす。

ぜっはっ、ぜっはっ。

ぜっはっ、ぜっはっ。

ぜっはっ、ぜっはっ。

けっきょくフミオくんは、びりでゴールした。

「もう、またかってなことしてさ」

家に帰ったフミオくんは、文句《もんく》をいいながら運動《うんどう》ぐつをぬいだ。足はくたくたで、つまさきがじんじんしている。くつ下もぬぐと、小指《こゆび》が赤くはれていた。

運動《うんどう》ぐつはつかれているのか、なにもいってこない。

フミオくんは、スニーカーといっしょにくつ箱《ばこ》にしまおうと、運動《うんどう》ぐつに手をのばした。

「おまえ、はくのか？」「これからも、おいらたちをはくのか？」

ふいに運動《うんどう》ぐつが口をひらいた。

とつぜんの質問《しつもん》に、フミオくんは返事《へんじ》につまった。

「もう、はかなくていいぞ」「そうだ、はかなくていい」

「え？」

フミオくんは、わけがわからずききかえした。

すると運動《うんどう》ぐつは、フミオくんの足をじっと見つめてこういった。

「おまえ、大きくなっただろ」「足が、すこし大きくなっただろ」

フミオくんは自分の足を見た。いつもとおなじ足にしか見えない。

あっ、でも、小指《こゆび》がはれているのはひょっとして……。

「短《みじか》いあいだだったが世話《せわ》になったな」「おいらたちは、べつの足をさがしにまた旅《たび》にでるさ」

運動《うんどう》ぐつは、くるりとフミオくんにかかとをむけた。そして、

「まあ、昔《むかし》のおまえくらいぴったりな足には、もう出会えないだろうけどな」

と、声をそろえてつぶやいた。

フミオくんはもういちど自分の足を見た。それから顔をあげて、玄関《げんかん》のドアをあけた。

運動《うんどう》ぐつは、なにもいわずにでていった。

運動《うんどう》ぐつのすがたが見えなくなると、フミオくんはくつ下をはきなおして、スニーカーに足をいれてみた。それまで気づかなかったけど、もうかかとはゆるくなく、ちょうどの大きさになっていた。

「でも……」

フミオくんは玄関《げんかん》をふりかえる。

ひと月前、あの運動《うんどう》ぐつをはいたときのほうが、ぴったりだった。

# 耳にタコ

フミオくんの耳にタコができたのは、おばあちゃんの家にとまりにきて三日目のことだった。朝、洗面台《せんめんだい》のかがみを見て気づいたフミオくんは、たちまち眠気《ねむけ》がふっとんだ。

右耳に、タコができていた。

耳たぶがビー玉くらいにふくらんで、そこから、くねくねと八本の足がはえている。しかも、このタコは眠《ねむ》っているらしく、スースーと小さな寝《ね》息《いき》までたてている。

フミオくんは、おそるおそる指《ゆび》でつついてみた。

「あら、おはよう」

タコはぱちりと目をあけて、フミオくんのほっぺたに足のきゅうばんをはりつけた。

フミオくんは、ヒャッ、とひめいをあげると、台所《だいどころ》にむかってかけだした。

「たいへんだ！　ぼく、耳にタコができたんだ！」

フミオくんは、朝ごはんのしたくをしているおばあちゃんにかけよった。

すると、おばあちゃんは、フミオくんの右耳をちらりと見ながら、

「おや、ほんとにタコだわね」

と、ひとことといって、

「ほれ、もうすぐごはんだからテーブルをふいとくれ」

と、フミオくんにふきんをわたした。

「でも、タコが……」

いいかけたけれど、おばあちゃんはもうきいていない。ひょいひょいと焼《や》いていたメザシをひっくりかえしている。

「あーら、おいしそうなメザシだこと」

耳もとで、うらやましそうなタコの声がする。

フミオくんは、ほっぺたからきゅうばんをひっぺがした。そして、しぶしぶテーブルをふいたのだけれど、やっぱりなっとくできなくて、

「あのさ、耳にタコができたんだよ」

と、もういちどいってみた。

しかし、おばあちゃんはそっけない。

「タコができたくらいで、さわぐんじゃないよ」

テーブルに朝ごはんをならべて、さっさとせきにつく。

「だって、こんなのいちだいじだよ」

フミオくんは、むっとしながら自分もせきにつくと、焼《や》きたてのメザシにかぶりついた。

と、そのとたん、

「いただきます、はどうしたんだい?!」

おばあちゃんは眉毛《まゆげ》をぴくりとうごかした。

「それに、テーブルにひじをつくんじゃないよ?!」

フミオくんの腕《うで》に、じろりと目をやった。

「そうだ、今日はおみそしるのネギものこさず食べるんだよ?!　それに、もうちょっとはやくおきたらどうなんだい?!　冬休みだからって、だらだらすご

しちゃいけないよ?!」

フミオくんは、たちまちうんざりした気分になった。

おばあちゃんときたら、フミオくんのお母《かあ》さんよりも口うるさくて、毎日おなじ注意《ちゅうい》ばかりしてくる。耳のタコのことは、ちっとも気にしてくれないっていうのに……。

フミオくんはたまらずうつむいた。それから、ぱっと顔をあげると、いそいで朝ごはんをかきこんで、

「ぼく、でかけてくる」

にげるように玄関《げんかん》にむかった。

「ごちそうさまは?!　歯《は》みがきは?!」

おばあちゃんの声がしたけれど、フミオくんはかまわず家をとびだした。

ビュウビュウと、外はつめたい潮風《しおかぜ》がふいていた。おばあちゃんの家は

小さな港《みなと》のそばにある。コートをとりにもどろうかと考えたけれど、またなにをいわれるかわからない。

「あーあ、このまま家に帰れたらな」

フミオくんは海ぞいにある、あさって町いきのバス停《てい》に目をやった。

でも、いくら帰りたくてもそれはできない。お父《とう》さんとお母《かあ》さんが、デパートのちゅうせんであたった「真夏《まなつ》のオーストラリア、五日間の旅《たび》」に、結婚十周年《けっこんじゅっしゅうねん》の記念《きねん》にと二人でいってしまったからだ。せっかくの冬休みなのに、フミオくんはおばあちゃんの家でるすばんだ。

「あーら、気持ちのいい風だこと」

耳もとで、タコがうれしそうに足をくねらせている。

「とにかく、このタコをどうにかしなくちゃ」

さむさでふるえながら歩きつづけているうちに、フミオくんは、いつのまにか港《みなと》のはずれまでやってきた。

すると、そこには木造《もくぞう》の建物《たてもの》がぽつんとたっていて、入り口には「いそべ医院《いいん》」と看板《かんばん》がでている。

「そうだ、お医者《いしゃ》さんならどうにかしてくれるかも」

フミオくんは建物《たてもの》にかけよると、思いきって入り口のガラス戸をあけた。

「おい、まだ朝めしの時間じゃぞ」

待合室《まちあいしつ》のほうから、しゃがれた声がした。

見ると、しらが頭のお医者《いしゃ》さんが、ストーブの上でおもちを焼《や》いていて、あたりには、こうばしいにおいがただよっている。

こんなところでおもちを焼《や》くなんて、とフミオくんはちょっとおどろきながらも、

「いちだいじなんです。耳にタコができたんです」

と、右耳を指《ゆび》さしてうったえる。

「ほう、タコか。よく見せてみろ」

お医者《いしゃ》さんはストーブから顔をあげ、はしをもった手で、手まねきする。

フミオくんはほっとして、いわれるままに近づいた。

すると、お医者《いしゃ》さんはニヤリと笑《わら》って、

「ふむ。こりゃ、なかなかうまそうじゃ」

タコをはしでつまんでひっぱった。

「いたっ！」

フミオくんは思わず声をあげ、タコもキューキュー鳴いて足をばたつかせる。

「こりゃ、いきがいい。ますますけっこう」

お医者《いしゃ》さんは、うれしそうにタコをぐいぐいひっぱりつづける。

フミオくんは、もうがまんできなくなって、

「けっこうじゃないよ！」

お医者《いしゃ》さんの手をはらいのけると、いちもくさんににげだした。

「おばあちゃんも、あのお医者《いしゃ》さんも、どうかしてるよ」

浜辺《はまべ》にやってきたフミオくんは、ようやくたちどまって息《いき》をつく。

「ぼうや。たすけてくれて、ありがとね」

タコが、あんしんしたようにささやいた。

フミオくんは、たすけたわけじゃないんだけどなと思いながら、砂《すな》の上にすわりこんだ。

ザブンザブンと波《なみ》が浜辺《はまべ》にうちよせる。

ビュウビュウと風はますます強くなっている。

フミオくんは、これからどうしようかと考えた。おばあちゃんの家に帰ったら、またうるさくいわれるに決《き》まっている。だけど、ほかにいける場所《ばしょ》はない。

「あーあ。あと二日も、おばあちゃんちにいなくちゃいけないなんて……」

フミオくんが、ひざをかかえてうつむいていると、
ワンッ。

後ろで鳴き声がした。

びくっとしてふりかえると、白いイヌをつれた女の子がたっていた。おない年くらいの女の子で、フミオくんの右耳をじっと見つめている。

「あの、その、これは……」

フミオくんははずかしくなって、タコを手でかくそうとした。

そのときだ。

ビュウッ！とひときわ強い風がふき、女の子の長いかみの毛がはためいた。

「あっ！」

フミオくんは、はねるようにたちあがる。

女の子の左耳にもタコができていたからだ。

「あーら、どうも」

「いやはや、どうも」

フミオくんのタコと女の子のタコが、あいさつをかわす。

「ふーん、やっぱりあんたのタコのほうが、ちょっと大きい」

がっかりしたように、女の子はいった。

「ど、どうしたの、そのタコ！」

フミオくんは思わずたずねた。

「なんでそんなにおどろくの？」

「だって耳にタコが」

「あんたにもあるじゃない」

「でも……」

「ひょっとして、あんた、よその子?」

思いついたように、女の子はいった。

「あっ、うん。おばあちゃんの家にとまりにきてるんだ」

すると女の子は、ふーん、だから知らないんだ、とひとりごとのようにつぶやいたあと、ニッと笑《わら》ってこういった。

「あんたのおばあちゃん、口うるさいでしょ。毎日、おんなじことばっかり注意《ちゅうい》してくるでしょ」

「ど、どうしてわかったの?」

フミオくんが、またびっくりしてたずねると、女の子はうれしそうに説明《せつめい》しはじめる。

「このタコね、おんなじことばっかりききかされてる

とできちゃうの。わたしは毎日お母《かあ》さんに、宿《しゅく》題《だい》しなさいとか、手伝《てつだ》いしなさいとか、注意《ちゅうい》されたんだ。ほら、『耳にタコができる』ってよくいうでしょ」

「でも、それはべつのタコじゃあ……」

フミオくんはなっとくできない。

「そ、それに、この前の夏、おばあちゃんちに一週間もとまったのにタコはできなかったよ」

すると、女の子はとくいげに口をひらいた。

「このあたりではタコの旬《しゅん》は冬なのです」

そして、足もとでしっぽをふっているイヌをひとなですると、

「そうだ。あしたの朝、みんなでタコの見せあ

いっこするから、あんたもおいでよ。場所《ばしょ》はここ。タコの一番大きい人が勝《か》ちね」

と、いいのこし、イヌといっしょにいってしまった。

フミオくんは、とおざかっていく女の子の後ろすがたを、ぼんやり見つめていた。やがて、そのすがたが見えなくなると、すぐさま、おばあちゃんの家にむかってかけだした。

「やっと帰ってきたね、もうお昼だよ」

ゆげのたつうどんをテーブルにおきながら、おばあちゃんがいった。

「あーら、おだしのいいかおり」

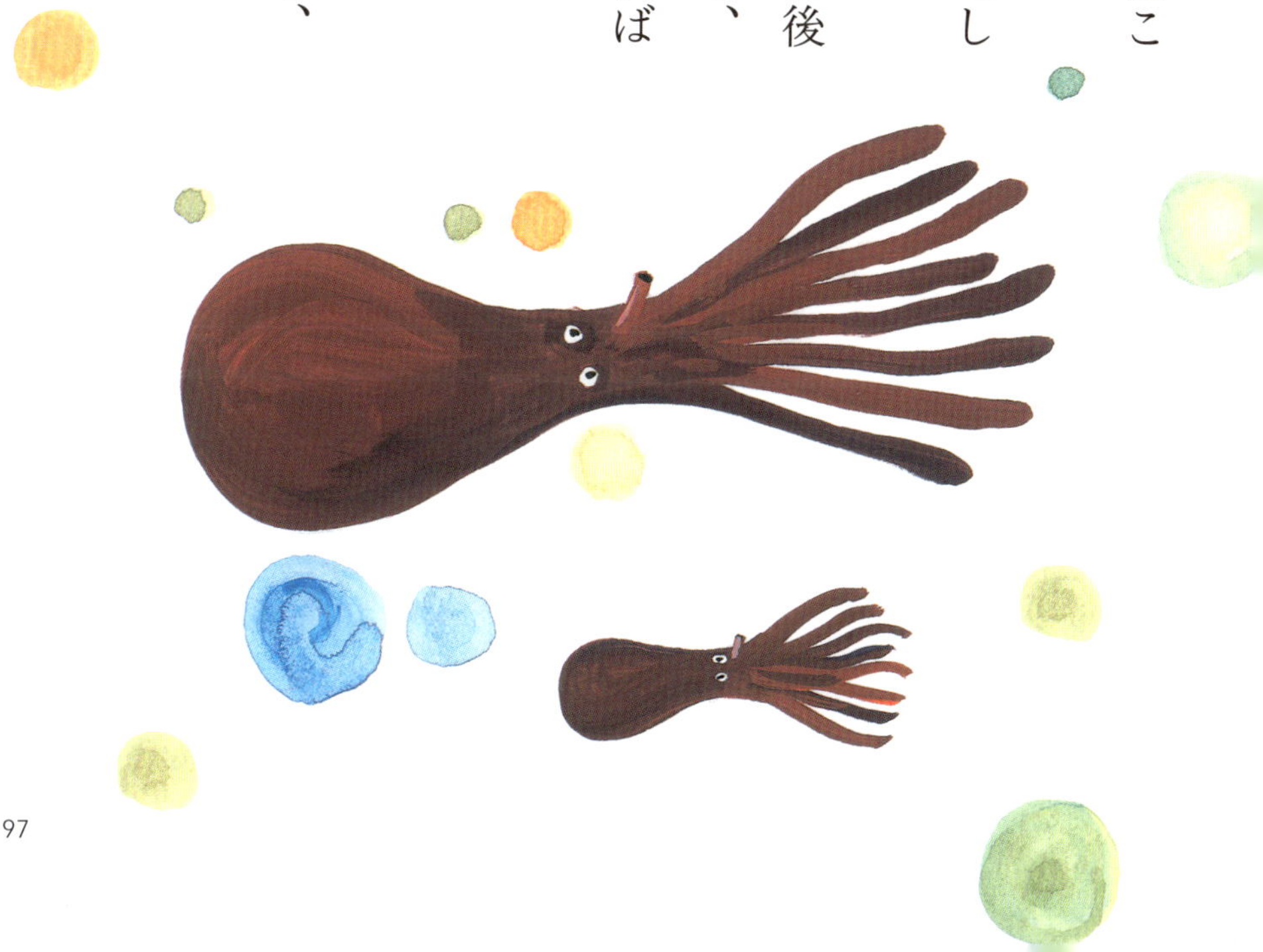

フミオくんの耳もとで、タコが足をくねらせる。

すると、おばあちゃんはふと思いだしたように、

「そういえば、そのタコ、海水につけたらとれるんだよ」

と、教えてくれた。

でもフミオくんは、もう、そんなことどうでもよかった。なにもいわずせきにつくなり、いきおいよく、うどんをすすった。

「いただきます、はどうしたんだい?!」

朝とおなじように、おばあちゃんは眉毛《まゆげ》をぴくりとうごかした。

フミオくんは、かまわずテーブルにひじをついた。

「これ、ひじをつくんじゃないよ?!」

また朝みたいに、おばあちゃんが注意《ちゅうい》する。

フミオくんは気にせず、こんどはネギをどんぶりのはしによせた。

「ネギものこさず食べるんだよ?!」

これも朝とおんなじだ。いいぞ、いいぞ、とフミオくんはほくそ笑《え》む。これでタコがもっと大きくなるはずだ。

その夜も、フミオくんはおばあちゃんに注意《ちゅうい》されながら、ごはんを食べた。おまけに夜眠《ねむ》るまで、おこられるようなことを、わざとくりかえした。ろうかをばたばた走ったり、テレビをすぐ近くで見たり、つめをかじったり、おばあちゃんのそばでおならをしたり。そのたびにおばあちゃんは注《ちゅう》意《い》したけれど、フミオくんはやめなかった。おなじことをくりかえし、おなじように注意《ちゅうい》された。

おばあちゃんは、もう、かんかんだった。

「フミオ?!　なんど、おんなじことをいわせれば気がすむんだい?!」

そんなわけで、ビー玉くらいだった耳のタコは、ピンポン玉ほどにふくらんだ。

「あーら、いつのまに、こんなに太っちゃったのかしら？」

おふろのあと、かがみで自分のすがたを見たタコは口をとがらせた。

そんなタコを見てまんぞくしたフミオくんは、いそいそとふとんにもぐって目をとじた。

そして、つぎの日の朝、しあげに、またおばあちゃんに注意《ちゅうい》されながらごはんを食べると、コートもきないで、大いそぎで浜辺《はまべ》にむかった。

海は、朝日にかがやいていた。

堤防《ていぼう》にかけあがると、波《なみ》うちぎわに、男の子と女の子が四人であつまっているのが見えた。きのうの女の子いがいは、はじめて見る子ばかり。みんな楽しそうに耳のタコを見せあっている。


フミオくんは、なんだかきんちょうしてきて足をとめた。

「でも、こんなに大きくしたんだから……」

自分のタコが一番かもしれないと思い、堤防《ていぼう》から浜辺《はまべ》におりようとした。

と、ちょうどそのとき、一人の男の子がフミオくんをおいぬき、みんなのところへかけていった。

「うわっ、すごい！」

浜辺《はまべ》でいっせいにかんせいがあがる。

「あーら、ごりっぱ！」

フミオくんの耳もとで、タコも声をあげる。

その男の子は、ミカンほどもあるタコを耳にぶらさげていた。しかも、右と左の両耳《りょうみみ》に。

「おれの父《とう》さん、ほんとにうるさくってさ。何千回も、おんなじことくかされちゃってさ」

男の子は、ぶらぶらと二匹《にひき》のタコをゆらしながら、とくいげに話している。

「へえ、タコが二匹《にひき》もできてるのなんてはじめて見たよ！」

きのうの女の子がひとみをかがやかせて、男の子のタコを見つめている。

フミオくんは堤防《ていぼう》につったったまま、そのようすをながめていた。けれど、そのうち、ひとけのない岩場にむかって、とぼとぼと歩きだした。

岩のかげにかくれるようにしゃがみこみ、手のひらに海水をすくった。あんまりつめたくて、手がじんじんしてくる。

「あら、もうおわかれ？　さみしいわ」

耳もとで、タコがそっとささやいた。

フミオくんはなにもこたえず、タコにぱしゃっと海水をかけた。自分の顔にかかっても、かまわず、なんどもかけつづけた。

やがて、おばあちゃんのいったとおり、タコはぷつっと耳からはなれて足もとに落《お》ちた。

「ねえ、ぼうや、元気だしなさいよ」

タコはそういって、フミオくんの足をぺたりとたたくと、

「それじゃあね」

と、海にとびこみ、沖《おき》へと泳《およ》いでいった。

ビュウビュウと海から風がふいてきた。

「はっくしゅん」

フミオくんは、ひとつくしゃみをして浜辺《はまべ》をはなれた。


その夜、フミオくんは熱《ねつ》をだした。

「まったく、うすぎであそびまわるからだよ」

おばあちゃんは、赤い顔でふらふらしているフミオくんをふとんにねかせると、お医者《いしゃ》さんを電話でよんだ。

やってきたのは、いそべ医院《いいん》のお医者《いしゃ》さんだった。

「おや、タコがない。こりゃ、ざんねん。わしがくおうと思っとったのに」

フミオくんを見て、ニヤリとした。

フミオくんは、なにかいいかえそうとしたけれど、頭がぼおっとしていて言葉《ことば》がでてこない。おまけに、ひんやりした聴診器《ちょうしんき》を胸《むね》にあてられているうちに、いつのまにか眠《ねむ》ってしまい、目がさめたのは、つぎの日のお昼だった。

熱《ねつ》がさがったのか、頭がすっきりしていた。

フミオくんはふとんにねころがったまま、右の耳たぶをさわってみた。なんにもなかったように、つるんとしている。タコができてたなんて、うそみたいだなと考えていると、おばあちゃんがおかゆをもってやってきた。

「そういえば、フミオの母《かあ》さんも、小さいころはよく耳にタコができてたんだよ」

ふとんのそばにすわりながら、おばあちゃんはいった。

フミオくんは、耳にタコをぶらさげたお母《かあ》さんのすがたを、そうぞうし

て、クスッと笑《わら》うと、

「じゃあ、おばあちゃんが小さいころは？」

と、きいてみた。

「ん?!　わたしが小さいころだって?!」

おばあちゃんは、いつものように眉毛《まゆげ》をぴくりとうごかした。が、その
あと、きゅうにはずかしそうな顔をして、

「そういえば、両耳《りょうみみ》に二つずつできたこともあったっけね」

と、教えてくれた。

「へえ、二つずつ……、四つもか……」

フミオくんは、みょうに感心《かんしん》してしまった。それから、ゆっくり体をお
こすと、

「いただきます」

と、おかゆをすくって食べだした。

夕方になると、こんがり日焼《ひや》けしたお父《とう》さんとお母《かあ》さんが、車でむかえにやってきた。フミオくんは、おばあちゃんにおわかれをいって、車に乗《の》りこんだ。

あさって町に帰るとちゅう、海ぞいを走っていると、浜辺《はまべ》で白いイヌとさんぽをしている女の子が見えた。

女の子の左耳では、タコが風にゆれていた。

あさって町のフミオくん

2018年9月25日　初版第1刷発行

文　昼田弥子《ひるたみつこ》
絵　高畠那生

発行者　若月眞知子
発行所　ブロンズ新社
東京都渋谷区神宮前6-31-15-3B
03-3498-3272
http://www.bronze.co.jp/
装　丁　伊藤紗欧里

印　刷　吉原印刷
製　本　難波製本

ISBN978-4-89309-649-4 C8093